Poulet aux prunes

玛赞·莎塔碧（Marjane Satrapi）

伊朗图像小说作家、插图画家。1969 年生于伊朗拉什特，在德黑兰长大。童年因经历了伊朗政局动荡和两伊战争，被送至奥地利维也纳继续学业，后回伊朗接受大学教育，现居法国，代表作有《我在伊朗长大》。

POULET AUX PRUNES

MARJANE SATRAPI

梅子鸡之味

[伊朗] 玛赞·莎塔碧——著

马爱农——译

北京时代华文书局

图书在版编目（CIP）数据

梅子鸡之味 / (伊朗) 玛赞 · 莎塔碧著 ; 马爱农译 . -- 北京 : 北京时代华文书局 , 2025. 6. -- ISBN 978-7-5699-5974-1

Ⅰ . I373.45

中国国家版本馆 CIP 数据核字第 20250XB932 号

Originally published in French under the following title:

Poulet aux prunes by M. Satrapi

北京市版权局著作权合同登记号 图字：01-2024-6608 号

MEIZIJI ZHI WEI

出 版 人：陈　涛

策划编辑：范　炜

责任编辑：张雨嫣

责任校对：陈冬梅

封面设计：孙丽莉

内文设计：迟　稳

责任印制：刘　银

出版发行：北京时代华文书局 http://www.bjsdsj.com.cn

北京市东城区安定门外大街 138 号皇城国际大厦 A 座 8 层

邮编：100011　电话：010-64263661　64261528

印　　刷：北京盛通印刷股份有限公司

开　　本：710 mm×1000 mm　1/16　　成品尺寸：165 mm×240 mm

印　　张：5.5　　字　　数：106 千字

版　　次：2025 年 6 月第 1 版　　印　　次：2025 年 6 月第 1 次印刷

印　　数：1—6 000 册

定　　价：68.00 元

莎塔碧“人生之书”系列导读

玛赞·莎塔碧是伊朗著名艺术家。2001年，她以自传体漫画《我在伊朗长大》一鸣惊人，先后在法国安古兰国际漫画节、德国法兰克福书展斩获多个奖项。该作品改编的同名动画更是荣获奥斯卡金像奖最佳动画长片提名、戛纳电影节评审团奖等国际殊荣，使她迅速跻身全球知名创作者行列，并逐渐为中国读者和观众所熟知。

莎塔碧的祖辈曾是伊朗王室，后因伊斯兰革命下台。尽管从未亲历王室生活，但父母秉持的自由思想使她自幼便形成独立人格。成长于伊朗社会剧烈变革时期，又负笈欧洲并定居法国的独特经历，使她得以在东西方文化碰撞中淬炼出独特的世界观。这种跨文化视角赋予她敏锐捕捉事物多义性的能力，并通过极具个人风格的艺术表达呈现于画布之上。

此次出版的“人生之书”系列收录《刺绣》与《梅子鸡之味》两部图像小说，是莎塔碧仅有的三部图像小说中的两种，讲述的是她身边人的故事。相较于《我在伊朗长大》的成长叙事，本系列将视角转向社会群像，以幽默辛辣的笔触探讨婚姻本质、生命价值等深层命题。两部作品延续了莎塔碧标志性的叙事智慧：以碎片化叙事构建宏大主题，通过戏剧性转折与留白艺术，在故事表层之下暗藏多重解读空间。这些出色的表达手法能带给读者更多的阅读乐趣。

选择在此时再次出版这两部作品，一方面是经典作品常读常新，另一方面是觉得这两部作品能给我们当下社会带来一些思考与共鸣。两部作品均是成人的主题，一部关于两性与婚姻，一部关于选择与人生。书中涉及的话题与观念可以看作是她独特人生经历的提炼，有助于我们了解不同文化背景、不同视角下的别样人生。

德黑兰 1958
我饿了!
!
女士!……
女士!女……
?
?
你的名字该不会是伊拉妮吧?
是啊!你怎么知道我的名字?
我饿了!
你不记得我了?
说实在的,一点也没印象。
奶奶!我饿了!
我们这就走,亲爱的。
我准是把你跟另一个人搞混了……请原谅。
没关系,先生。

纳瑟·阿里先生！！！欢迎光临敝人的小店，不胜荣幸！！
米尔扎！我想买一把塔尔琴。
塔尔琴？？但您手里那把大概是全国最好的了！
被人折断了。
看在神的分上！谁敢弄坏纳瑟·阿里先生的塔尔琴呢？
我可以试试这把吗？
您认为怎么样？这琴五十年了，曾经属于阿加……
音太低了……
仓库比较潮湿！就是这个原因！听听这个札比鼓*，声音就像一面印度鼓。
告诉您吧，就因为潮湿！！
我们认识多久了？您完全可以相信我！
把它存放在非常干燥的地方，您就等着瞧吧！过一个星期，音色就完美了。
再见了，米尔扎。

* 伊朗的打击乐器。

一个星期后
？
该死！该死！该死！
噗……
把你的塔尔琴拿回去吧！
您有没有……
没错！琴变得很干燥，音色粗糙不堪！！
过来，别生气！我们进来说话。怎么能让您这么一位伟大的音乐家失望呢……
先父对您尊敬有加……我有许多塔尔琴……

一个月后
这是你在一个月里第四次想骗我了！
把你这该死的塔尔琴拿回去！
可是……
没有什么“可是”！你是个彻头彻尾的江湖骗子！没错！卑鄙无耻！跟你那父亲一个德行！！
不许侮辱我的父亲！
卑鄙！卑鄙！
爸爸！
砰
?!

* 1951年3月，时任议会议员的摩萨台将伊朗的石油国有化。同年4月，他被任命为首相。1953年8月，美国中央情报局在英国帮助下煽动了一场政变，摩萨台被赶下了台。

你还记得吗？一九五一年的春天，我们是那样热情澎湃……我们的石油国有化了，摩萨台成了我们的首相……
好景不长，两年之后，天翻地覆！摩萨台被放逐了！所有的一切都归了美国人以及他们的盟友……
他们以为他们是在抽取我们的石油……实际上，他们是在吸我们的血啊……
你在听吗？
嗯，听着呢，听着呢。
有人折断了我的塔尔琴。
谁干的？
这有什么区别呢？
你去找米尔扎了吗？
那个骗子？算了……
他四次都想骗我。四把塔尔琴，一把比一把糟。
我实在不知道该怎么办了。
我想，我有办法解决你的难题。

* 伊朗东北部的一座圣城。
** 相当于一把斯特拉瓦里制作的小提琴。

十八天后
一九五八年十一月十日
两天后我要去一趟马什哈德。
你听见我的话了吗？
我耳朵不像你母亲那么聋！
别拿死者说事儿。
我一天忙到晚。米娜、法尔扎耐和里扎去上学，可是他呢！
谁来照顾他？
嗯，你母亲呀，像平常一样。
她这个星期不在这儿。
那不是我的问题！如果你没有折断我的塔尔琴，我根本没必要跑这一趟！
是你把我惹急了的。
你怎么敢？
我就敢！
泼妇！
混蛋！
我一个人去！！听见了吗？
一个人！！！

告诉我呀，小默尔，一刻不停地说，直到天放明……
我的皮球红彤彤，啦啦啦，啦啦啦。
那儿有一条小小船……
第二天
早晨五点
犯人！手臂交叉！……
下午一点
唔……
唔……唔……
晚上八点
睡吧，睡吧，我的小宝贝！
第三天
凌晨二点
太阳放光明，我多想……
凌晨三点
小小手，小小手，小脑袋，小脑袋，啊，啊，啊，云雀……
早晨六点
早晨七点
女士们、先生们，我们到了。

我真想杀死那个孩子！
应该被枪毙的是那个父亲！！
蓝色的包！是谁的？
嘟嘟，嘟嘟……
你没长眼睛吗？
我要嘘嘘！
马上就到了，孩子。
你好。
你好。
您是纳瑟·阿里先生吗？我在等您呢！
您好，先生。
叫我胡桑吧。啊！我非常崇拜您、仰慕您！
嘘嘘！
我们走吧。里面有厕所。
那么，您就是出售叶海亚塔尔琴的那个人？
我也卖别的。我还经营藏红花、黄金、鸦片、皮草大衣……

我千里迢迢赶来，就为买这把塔尔琴。
我知道，不过先尝尝这个吧，我的朋友。放松放松。
啊，放松！天知道我多么需要这个……这小家伙一路上都在不停地唱歌。
将来肯定是个艺术家。你叫什么名字？
莫扎法。
也许吧！可是，我耳朵都快被吵聋了。
拿去吧。
暂时不用。我去把塔尔琴给您拿来。
给。
真是完美。
继续弹吧。我从没听过这么美妙的声音。
价钱是多少？
卖给您是两千个图曼。
两千个图曼？！
我自己花了一千九百九十九买的。我可以拿脑袋发誓。您不会后悔的，绝对物有所值……如果这把琴还不算好，那世界上就没有好琴存在了。

* 什叶派的第八位伊玛目（领拜人）。　** 伊朗诗人（1048—1131？）。

他们当天夜里就离开了……

两天后的夜晚，他们回到了德黑兰。纳瑟·阿里先生把莫扎法安顿上床。他只有一个愿望：弹他的塔尔琴。但他告诉自己，应该等天亮再说。

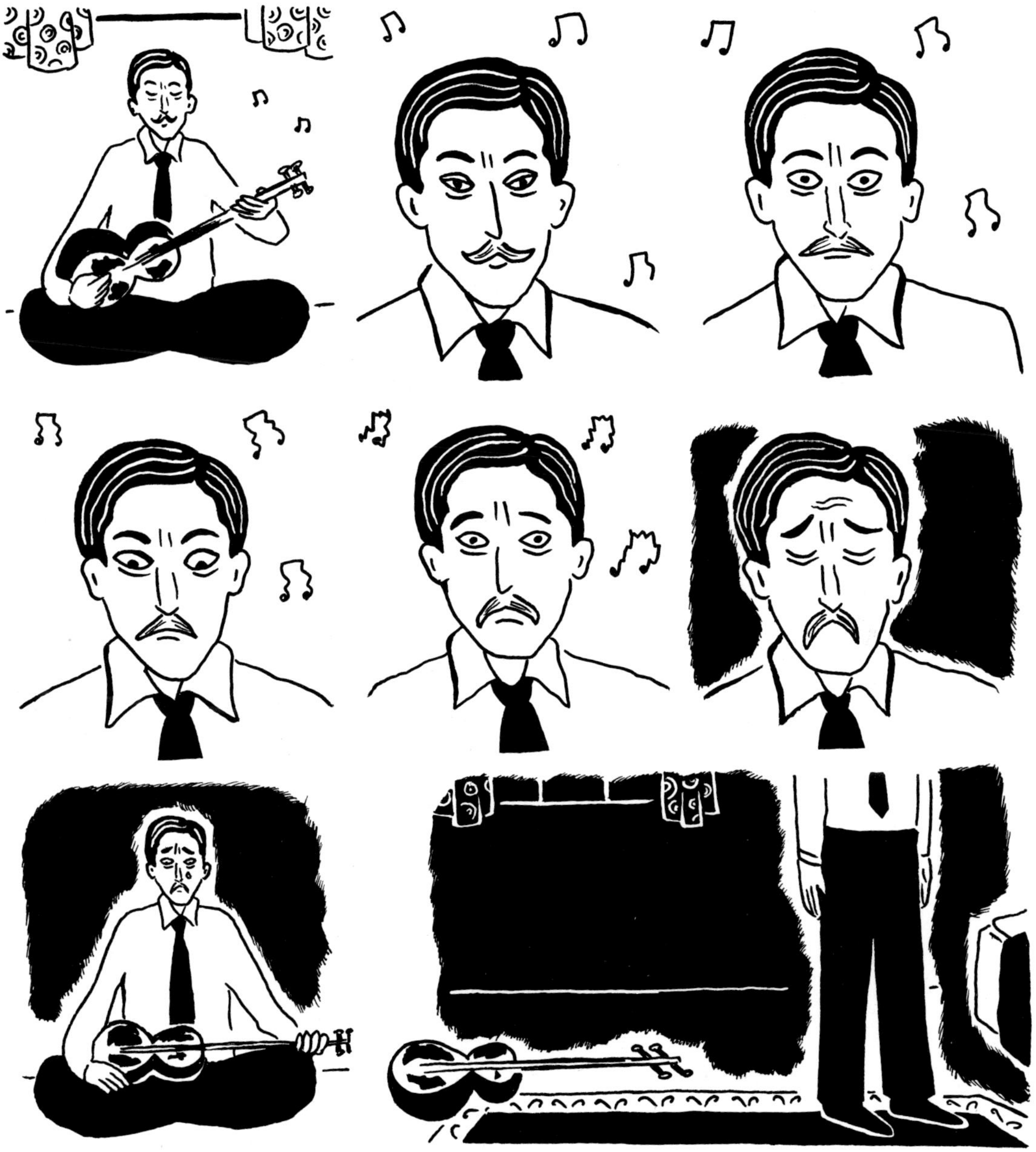

因为再也没有一把塔尔琴能带给他弹奏的快乐，纳瑟·阿里先生决定去死。他在床上躺下来……

八天后，一九五八年十一月二十二日，他被埋葬在赛米兰*的扎西罗勒多莱公墓里他母亲的墓旁。那天，所有认识他的人都来了。

* 位于德黑兰北部。

第一天

一九五八年十一月十五日

一九五八年十一月十五日，纳瑟·阿里先生决定交出他的灵魂。他考虑了各种自我了断的方式。

最后得出结论：不妨等死神来找自己。

当天下午四点，他的妻子娜希德，一位职业教师，下班回到家里，带着她的三个大孩子米娜、里扎和法尔扎耐。

爸爸。
哦！是你！
怎么啦？你病了吗？
不。我只是想死。
咦？出什么事了？
想玩牌吗？
不想，亲爱的。我只是有点儿累了。你上这儿来。
跟我说说今天学校里发生的事，好吗？
我听写得了十八分。
祝贺你！
妈妈不太高兴。她说这成绩不够好。
她说她班上有个学生，每次都能拿到满分二十分。
你妈妈说话太多了！
她说你必须努力工作。
她说十八分这个成绩，本身来说还不算差，但是……
而且，为了成功……

这个，那个，这个，
那个，这个，那个……
爸爸！看！
你能看见我吗？
爸爸！我还想再坐一次
旋转木马！
你已经坐过两次了！
可是，爸爸……
来，我们去看一些
别的吧。
我的兔子在哪儿？
我把它吃掉了！
你给我买一个那种会说
话的娃娃吧？
可是，亲爱的，它们
不会说话。

不，我的孩子。是有人在替它们说话。我来证明给你看。过来！
会的，会的！它们会说话的！
看见了吧。
哦！
多么淘气的男孩！
爸爸！
我热！
又怎么啦？
谁给你穿了这双冬天的鞋子？
你。
我有个主意。我们去给你买一双漂亮的凉鞋吧。
哦，好啊！买粉红色的！我要粉红色的漆皮凉鞋！
我要那双。
那是大人穿的。
看，这双怎么样？正是粉红色的漆皮凉鞋。
怎么样？你喜欢吗？
喜欢。
这双我们要了。
很好，先生。

妈妈！妈妈！
妈妈！看爸爸给我买了什么！
哦！真漂亮！
我现在就把它们穿上。
是不是有点太大了？
我这是跟你学的。我买大了两号，这样她能穿的时间久一些。
太棒了！
布鞋我才那么做的，不是凉鞋！
那又怎么样？
动动脑子吧！你可以在布鞋里放鞋垫调整大小。
你倒是跟我说说，你打算怎么往凉鞋里塞鞋垫？
你还是不想玩牌吗？
嗯？
你的粉红色凉鞋怎么样了？
哪双？
就是去年我在游乐场外面给你买的那双！现在应该合脚了。
是啊，但是妈妈说十一月不能穿凉鞋。
那就夏天再穿吧！

在四个孩子当中，法尔扎耐是父亲最喜欢的。纳瑟·阿里先生对形态心理学异常感兴趣，他相信小女儿跟他容貌相像，证明了两人有着相近的灵魂。他的判断没有错。他们俩都属于十分睿智、灵动和超脱的人。我记得一九九八年，在我有一次去德黑兰的时候……

塔基！亲爱的！拜托，快进来。

稍等，我马上来见你们。
赢了！
先生们、女士们，我失陪了。
别告诉我这就是玛赞！
没错。
我上次看见她，她才这么大！
法尔扎耐，你不应该抽烟。你这是拿你的生命开玩笑。
啊，塔基，但愿你了解我对生命的看法！

不久，在第三次心脏病发作之后，法尔扎耐就离开了人世。
法尔扎耐！轮到你了！！
我数到 20。1、2、3、4、5……
17、18、19、20。我来了！
嘿！我发现你了！
就这样，纳瑟·阿里先生的第一天结束了……

一九五八年十一月十六日

第二天正好是星期五。十二点半，纳瑟·阿里先生的妻子娜希德意识到丈夫仍然没有从卧室里出来，她感到很担心。但由于夫妻感情破裂，她决定去找丈夫的弟弟阿布迪商量一下。

刚才是谁呀？
娜希德！他说纳瑟·阿里情况不好……
她折断了纳瑟·阿里的塔尔琴，你能想象吗？那乐器是他的命根子啊！
真是个泼妇！
跟你哥哥一起生活也不容易！
我要去看看他。
不想先把饭吃了吗？
不吃了。
对娜希德好一点。你了解你哥哥那个人。他肯定是把娜希德逼到了墙角……
他总是跟每个人都搞得关系复杂……甚至包括你！
孩子们！这是莎塔碧家的两兄弟，纳瑟·阿里和阿布迪。
在第一个学期，作为弟弟的阿布迪每门功课都拿到了满分二十分。
至于哥哥纳瑟·阿里，他竟留了一级，跟自己的弟弟成了同班同学……
而且竟然样样都是零分，包括纪律……
因为他破坏学校公物。啊，没错！他打破了一扇窗户！！

因此，我要求你们为阿布迪鼓掌。
讨厌鬼！
啪！啪！啪！啪！
啪！啪！啪！啪！啪！
再为纳瑟·阿里喝倒彩！！
嘘 嘘 嘘 嘘
嘘 嘘 嘘 嘘 嘘
嘘 嘘 嘘 嘘 嘘
嘘嘘嘘
嘘嘘……
咚！
咚！
他还在自己的房间里。
别担心，娜希德。我来处理。
纳瑟·阿里！
真是不敢当！
我刚才从这里路过，突然想到已经有一段时间没看到你了。
好了，你现在看到我了。
你不舒服吗？
没有！我已经决定去死了。
!!

……哦……
我来这儿的路上，看到剧院正在放《河里来的女人》……
你知道是谁演的吗？
我没兴趣。
索菲娅·罗兰？
你还记得《那不勒斯的黄金》吗？
她真是美丽迷人！
我记得第一次看见葛丽泰·嘉宝时，我第一眼就爱上了她。至于索菲娅，她是属于另一款的！
当然！这就像把熏鲱鱼和鱼子酱放在一起比较！
你想待会儿去看这场电影吗？
我已经告诉你了……
我想死……
我知道你那把塔尔琴的事了。你妻子把一切都告诉了我。
我就猜到你肯定不是碰巧上这儿来的。
这有什么区别呢？我关心的不是你妻子和你的塔尔琴，而是你。
也只有你了。

别说傻话了，你妻子爱你，你的孩子们跟你感情很深。
当然！
对我和我们的妹妹来说，你一直都是一个学习的榜样。
是的！
更别提母亲了，她那么爱你……
纳瑟·阿里！校长把我叫去了！
你什么时候才能停止胡闹？
看看你弟弟吧！他还比你小一岁呢，行事已经像个大人了。
神啊！我造了什么孽，生下这么一个儿子？
人人都尊敬你，人人都崇拜你，你还想要什么呢？
你在听我说话吗？
在听，你把我说成了一个全球偶像。
一点不错！
妈妈爱的那个人不是我。
够了，拜托！

* 当时伊朗国王礼萨·巴列维的父亲。

你这样的人又改变了什么呢？
当摩萨台被废黜的时候，你们那些战友在哪儿？
摩萨台是亲美派！
哈哈！哈哈！让我笑一会儿！他太“亲美”了，竟然被“美国人”赶了出去。
更别提妈妈了，她不得不散尽家财，就为了能让你扮演一个英雄！
嘘 嘘 嘘 嘘 嘘 嘘
嘘 嘘 嘘 嘘 嘘 嘘 嘘
嘘 嘘 嘘 嘘 嘘 嘘
阿布迪！
怎么？
对不起！
没什么。
阿布迪
怎么？
我死了以后，你会照顾我的孩子们吧？
别说傻话。

我会再来看你的。希望下一次你能接受我的邀请，跟我一起去欣赏美丽的索菲娅。
也许吧。
夜幕降临了，纳瑟·阿里先生感到饥肠辘辘。
这是可以理解的。他已经整整两天没吃东西了。
他想到自己爱吃的各种食物。
最后选定了最喜欢的一道菜：梅子烤鸡。他母亲的拿手好菜，用鸡、梅子、焦糖洋葱、西红柿、姜黄和藏红花做成，配上米饭。

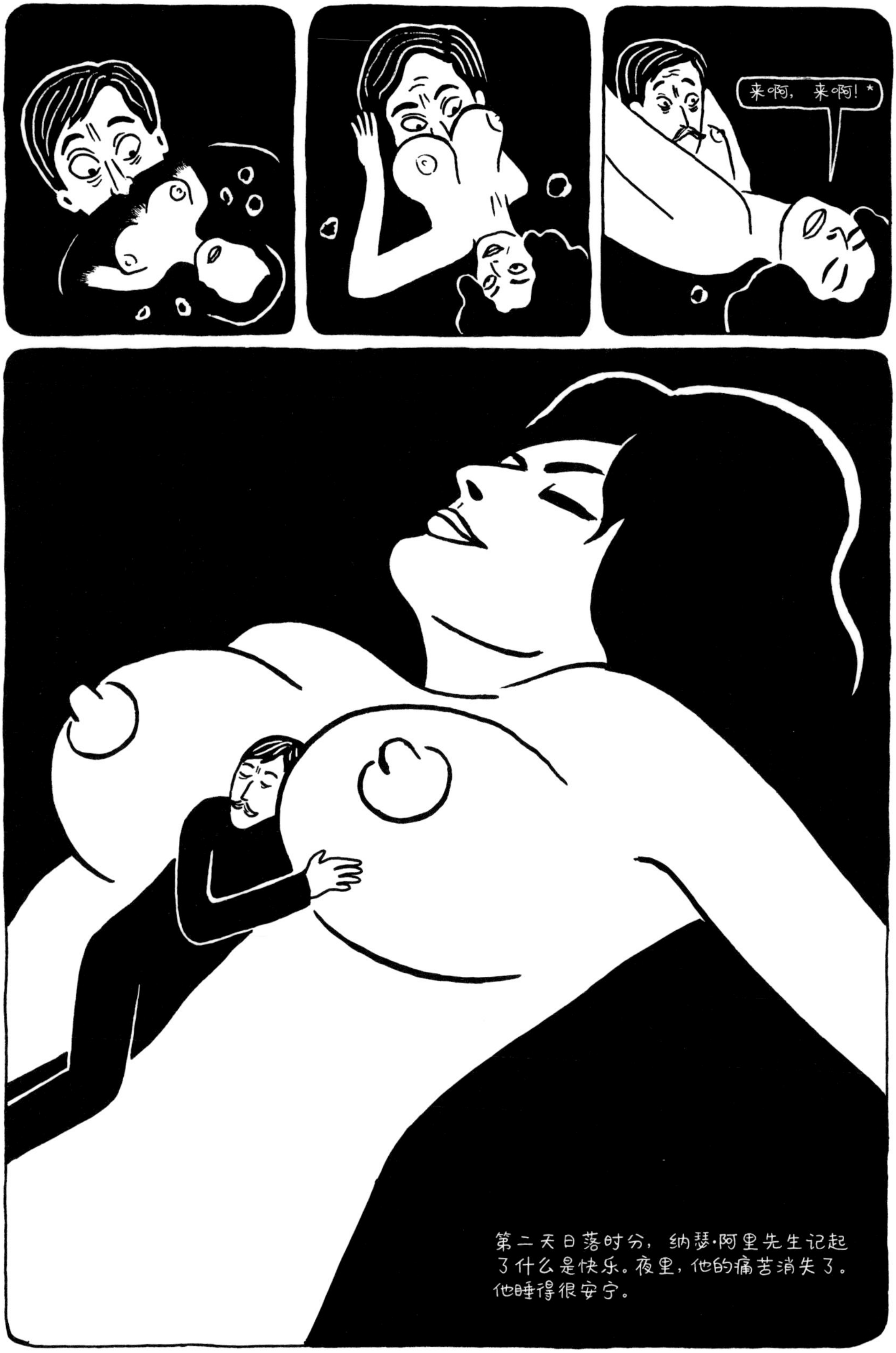

* 原文是意大利语。

一九五八年十一月十七日

第三天，纳瑟·阿里先生醒来时很高兴。
那是一个星期六*，这意味着他独自一人在家。
好啊！
他不饿也不渴，只想抽烟。
就像他母亲以前经常说的：
烟是灵魂的食粮。
他知道他的上衣口袋里有两支烟。
起床很不容易。他头晕眼花，接着感到恶心。
可是他一拿到自己寻找的东西，笑容就又在他脸上浮现了。
他立刻躺下来，想尽情地享受这天赐的美味。
多么令人失望，香烟的味道跟尘土一样。
不过，他还是决定把第二根抽完，不是为了快乐，而是出于原则。
五点钟左右，所有人都回来了。
妈妈！我们晚饭吃什么？
梅子烤鸡。
纳瑟·阿里先生大为吃惊。

* 在伊朗，星期五是休息日。

终于，在那天晚上，娜希德希望两人关系能有所缓解，决定给丈夫做一道菜。

你不是该带儿子去看医生的吗?
哦，对不起！我忘记了。
这真是忍无可忍！总是所有的事情都由我来操心，我受够了！
我洗洗涮涮！我熨衣服！我打扫房间！最重要的是，我还得工作！！
看在神的分上！你是男人呀！你应该帮着撑起这个家！可是没有！！！
……你的手太娇嫩了，不能干家务！
你嫁给了一位音乐家，不是一个苦劳力！
我错了！嫁给你是我一生中最大的错误！！！
我恨你，我恨你的音乐……
我恨你的塔尔琴！
把它给我！
哼！！！
啪！

我永远不会原谅你。
我永远不会原谅你。
别那么说。
我从八岁就开始爱你……
你好。
你好。
喂！嘿！你叫什么名字？
娜希德。
多么漂亮的名字！那么，娜希德，你认识苏珊妮吗？
是住在蓝房子里的那个女孩吗？
一点不错。你能把这封信交给她吗？千万小心！别让任何人知道！！！
另一天
你今天好乖啊……别忘了把这个交给苏珊妮……
你当时十五岁……那么好看……
给。
喂，你！
谁？我？！

* 伊朗南部最大的城市，法尔斯省省会，伊朗最古老的城市之一，距首都德黑兰 919 公里。

* 一九三六年一月，礼萨汗禁止在伊朗佩戴面纱。

小姐!
伊拉妮!
怎么?!
我……我……
是啊,你……?
我发现你非常迷人。
嘘!千万别对我父亲这么说!不然他就再也不会放我出来了。
我一直在等待你回来。幸好,我从你妹妹那儿得到了你的消息……
你哥哥一切都好吧?
是啊!对了,你能辅导我做数学作业吗?
为了忘记你,我全身心地投入学习。那个时候,别人都把我看成一个叛逆的人,渴望自我解放,其实我心里只有一个愿望:嫁给你!
伊拉妮,我爱你。你愿意嫁给我吗?
根本不可能!一个搞艺术的,怎么养家糊口??
后来有一天,我在街上碰到你妹妹。她给我带来了我期盼已久的消息。

纳瑟·阿里回来了。
苍天有眼！
你只要今天下午过来就行。
我绝对不敢！
没问题的！我们就假装你是来看我的。
你好像是一名教师。
是的，我下个月开始上班。
那个时候，你情绪十分消沉。所以我每星期过来看你一次，后来是隔天过来，再后来是每天都来……
我给你带来了报纸和点心。
哦，娜希德，你必须留下来跟我们一起吃茶点。
不了，谢谢你。我还得准备明天的课呢。
纳瑟·阿里，你还要一直思念伊拉妮多久呢？这个娜希德真不错。她爱你，你应该把她娶了。
可是，妈妈，我不爱她。
那没关系。感情是慢慢培养的。
你终于向我求婚了！
那是我一生中最幸福的一天！！
可是后来我们怎么样了呢？

* 原文是意大利语。

一九五八年十一月十八日

在纳瑟·阿里先生短暂的一生中，没有哪一天比一九五八年十一月十八日更加凄凉。不仅在前一天跟妻子大吵一架，而且更糟糕的是，在他等待死亡的四天里，只有他的小女儿法尔扎耐为他献出了几分钟时间。另外三个孩子的薄情寡义深深地伤害了他。

可是夜晚降临时，纳瑟·阿里先生改变了主意。他相信自己大限已近，他告诉自己，他有责任在孩子们心目中留下一个仁慈大度的好男人形象。毕竟，他就是这样一个人……

如果我没有叫你们，你们就永远不会来看我……
我们来过，可你总是在睡觉！
米娜和里扎在哪儿？
米娜到她的朋友阿扎姆家做功课去了。至于里扎，我们也不知道。
是啊。
噗！
你放屁了？
没有！是你放的！
哈哈！
哈哈！
哈哈！ 哈哈！
哈哈！ 哈哈！
哈哈！
哈哈！哈哈！
哈哈！
哈哈！
你不想来一个拥抱吗？
不想！你真臭！
我就要死了，我儿子却在我面前放屁……真没意思！
纳瑟·阿里先生不喜欢莫扎法有两个具体的原因：其一，妻子是独自决定把这孩子带到世界上来的；其二，这孩子和他没有任何共同之处……

莫扎法身上具有纳瑟·阿里先生所鄙视的所有特质。

命运证明纳瑟·阿里先生是对的：
确实，莫扎法从来没有瘦过，也没有成为艺术家、自杀者，甚至从未有过情绪低沉或抑郁。一九七五年，莫扎法在二十二岁那年娶了一个名叫吉拉的姑娘，当时吉拉和他一起学经济和管理。

一九七九年正值伊朗革命的时期，莫扎法在军队做管理工作，他的妻子是一名会计师。一切都顺风顺水，吉拉终于得到了婆家人的认可。

可是一九八〇年，战争爆发，幸福生活戛然而止。

因为莫扎法为军队工作，他的生命面临危险。于是他举家离开伊朗，定居美国。

在这个最完美的国度里，一切都很顺利，只是……只是他们的孩子都存在严重的体重超标问题。莫扎法和妻子在伊朗曾被视为胖子，但在孩子们身边他们显得很苗条。

凯蒂太胖了，据她姑妈说，她身上唯一看似正常的地方是她的手指。因此，她对自己的手指倾注了无限的关注。
还是据她姑妈说，有一天夜里凯蒂肚子疼得要命。当时她十七岁。
救命！救命！
怎么回事？你又吃饼干了？
没有，我只吃了薯条！
救救我吧！
我可怜的宝贝儿，哪儿疼呀？
这儿！这儿！到处都疼！
肯定是阑尾炎！
赶紧送她去医院吧！
呜呜！

据说，当这个姑妈问莫扎法怎么没有发现女儿怀孕时，他回答说，要在四百磅*肥肉里看出一个八磅重的胎儿是很难的。
姑妈加了一句：“我相信就连我侄女自己也不知道。”

纳瑟·阿里先生不知道，他在四天之后离开人世是多么幸运。如果他知道了莫扎法及其女儿的故事，肯定会罹患癌症。而据大家所说，癌症是一种更加缓慢且痛苦得多的死亡方式。

* 1磅=0.454千克。

一九五八年十一月十九日

第五天黎明时分，纳瑟·阿里先生觉得死亡已经临近。他想到所有离去的人，以及所有他爱过的人，他们已经消逝，就像从未存在过一样。突然，他在人群中看见了自己的母亲。

纳瑟·阿里先生像天下所有的儿子一样，非常依恋自己的母亲。他想起了十五年前母亲身患重病的时候。

当然，他从未把自己夜里祈祷的事告诉任何人。后来有一天，母亲把他叫进自己的房间。

纳瑟·阿里先生照办了。他买了三十几包香烟，交给母亲。他不再为母亲祈祷，而是每天弹琴，从日出一直弹到午夜。

从纳瑟·阿里先生停止祈祷的时候算起，到他母亲交出灵魂的那天夜里，整整过去了六天。

据说，他们看到她的尸体时，整个尸体被浓烟笼罩。

两天后举行了葬礼。死者的家人、德黑兰的所有托钵僧*以及那团浓烟出席了安葬仪式。

人们对于这团浓烟的看法存在许多分歧：
理性的人认为是香烟的烟从尸体里呼出。说完这句话后，他们却无法从科学上解释尸体怎么能继续呼吸。
托钵僧们则偏向神秘主义，对这件事持有截然不同的看法。

* 苏菲派神秘主义信徒。　　** 托钵僧首领（在波斯语里是“戈托布”）。

哦，是的！真是万幸。我们的首领能够跟冥界沟通！你的母亲，她有没有跟你说过那个死掉的孩子的故事？
没有。
哦，是这样的，当时我们是在卡内加尔*，我们的首领在说话，突然：
救命！我的女儿死了！请把她救过来吧！
首领接过小女孩，把她放进炉子里。那个母亲立刻昏了过去。
然后，首领把孩子从火里抱了出来。
给，把你的女儿领回去吧。
妈妈！
哦，天哪，感谢上帝！
小女孩活了。神，通过我们的首领这个媒介，把她的灵魂还了回来。
这跟我母亲的烟有什么关系？
这证明了灵魂确实存在。你母亲的灵魂太强大了，我们都能看见。
这个结论不错！
休得取笑！

* 托钵僧的清真寺。

*伊朗诗人（1207—1273），神秘的爱情吟游诗人，也是苏菲神秘派（被称作旋转托钵僧）摩拉维戒律的创始人。

突然蜡烛点亮了。五个人看见了完整的大象。
对于这种动物，每个人都根据自己的触摸，给出了自己的诠释。
生活也是一样。我们根据自己的看法，设定生活的意义。
只有智慧，如同蜡烛的光，可以使我们看清生活的全貌。
智慧的关键是怀疑!
如果你心存一些怀疑，肯定就不会这么傲慢自大了。
再见!

五天过去了，纳瑟·阿里先生向自己提出许多问题:

他得出结论，如果死亡没有如约而至，一定是有人在祈祷他继续活着。

一九五八年十一月十九日夜里，家中是死一般的寂静。

一九五八年十一月二十日

第六天，纳瑟·阿里先生终于见到了死神阿兹拉伊尔。他虽然求死心切，但仍然非常非常害怕。

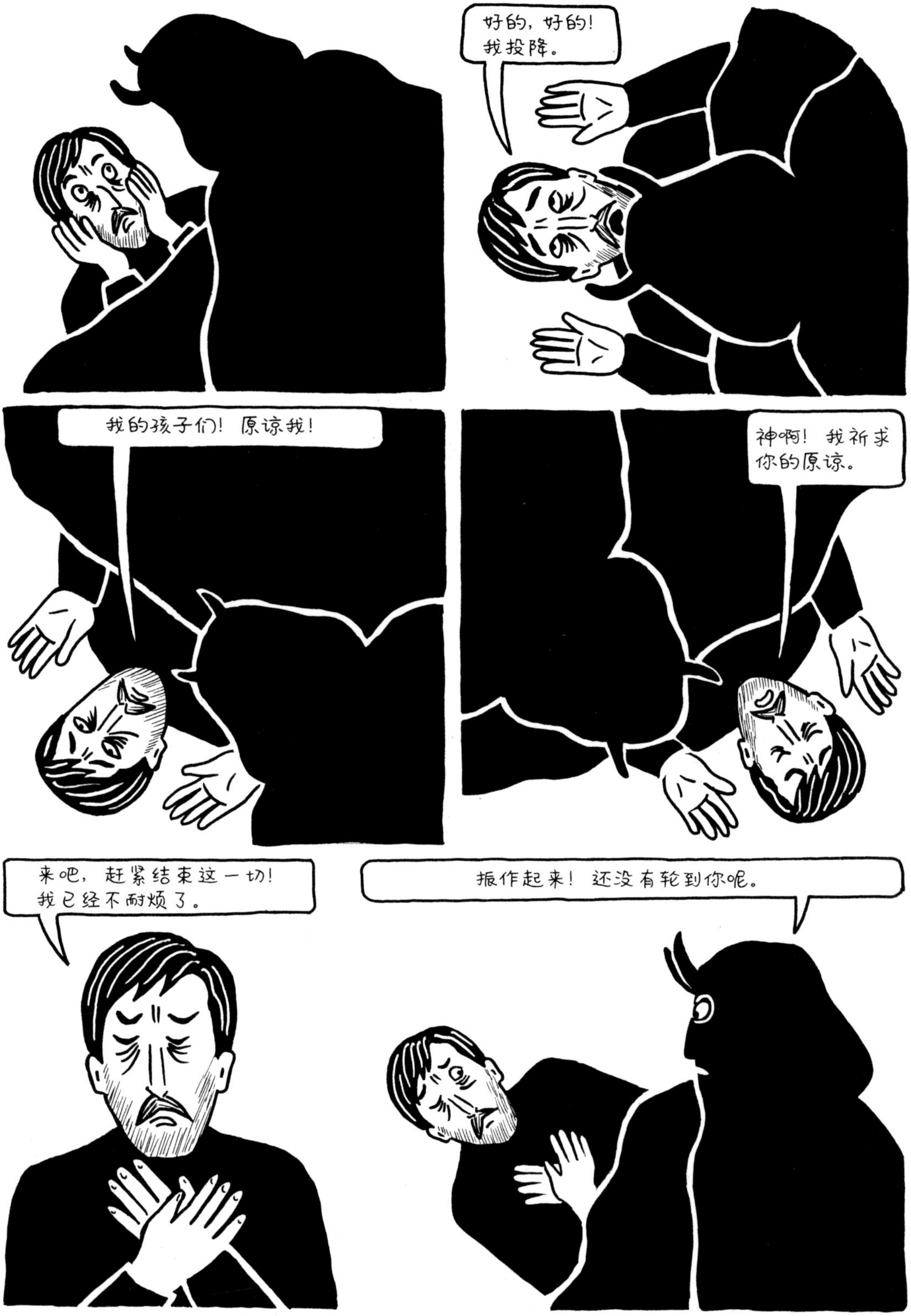

还没有轮到我？
对，还没有！
那你干吗来这儿？
为了见见你！差不多一星期了，你从早到晚地呼唤我。
可是，我还以为谁见了你都会立刻死去呢。
哈哈！哈哈！哈哈！哈哈！哈哈！哈哈！哈哈！哈哈！哈哈！哈哈！哈哈！哈哈！
那只适用于自然死亡的人，不适用于自杀者。
即使在自然死亡的情况下，也有例外。我有时候会碰巧看见某人。

我记得在所罗门时期，神命令我去印度，结束某个阿绍尔先生的性命……
可是，就在前一天，我在耶路撒冷的集市上碰到了他。
那位先生吓坏了，一口气跑进了所罗门的宫殿。
所罗门，哦，所罗门，哦……
我可以为你做什么？
我刚才看见阿兹拉伊尔了！那个死神！！他恶狠狠地瞪了我一眼！他想干掉我！！我想离开这个被诅咒的地方！
你想去哪儿呢？你知道得很清楚，死神来了谁也逃不过。
我求求你！让我离开吧，远远地离开！
可是你想去哪儿呢？
去印度！

于是，所罗门请求风把阿绍尔先生带到了他想去的地方……
第二天
可是你怎么在这儿？我还以为你在耶路撒冷呢！
等一等！
等一等！
只有一个问题，问完了我就听你摆布。
快问。
既然你是要在这儿干掉我，昨天为什么那样恶狠狠地看着我呢？
你错了。
我不是恶狠狠，只是很吃惊。昨天你在耶路撒冷，而我今天应该在印度结束你的生命。当时我纳闷你怎么可能在这么短的时间内来到这儿。
那么他死了吗？
就是这样！

当然，他的时辰到了。
我呢？什么时候轮到我？
这我不能告诉你。这是天命。
你知道海亚姆是怎么说的吗？
“踏上漫漫长路的人，有谁回来讲述这趟旅途，放下所有未竟之事吧……
“因为一旦离去，便永不返回。”
他说得对。
是的，我知道。需要听听这段话的是你……
好了，我要离开你了。今天我还有好多条性命要索取呢。
阿兹拉伊尔！
纳瑟·阿里！
我现在回头是不是有点晚了？
不是“有点晚”，我亲爱的朋友，而是“太晚了”！
别担心。时间不会长。
既然如此，纳瑟·阿里先生只能等待。

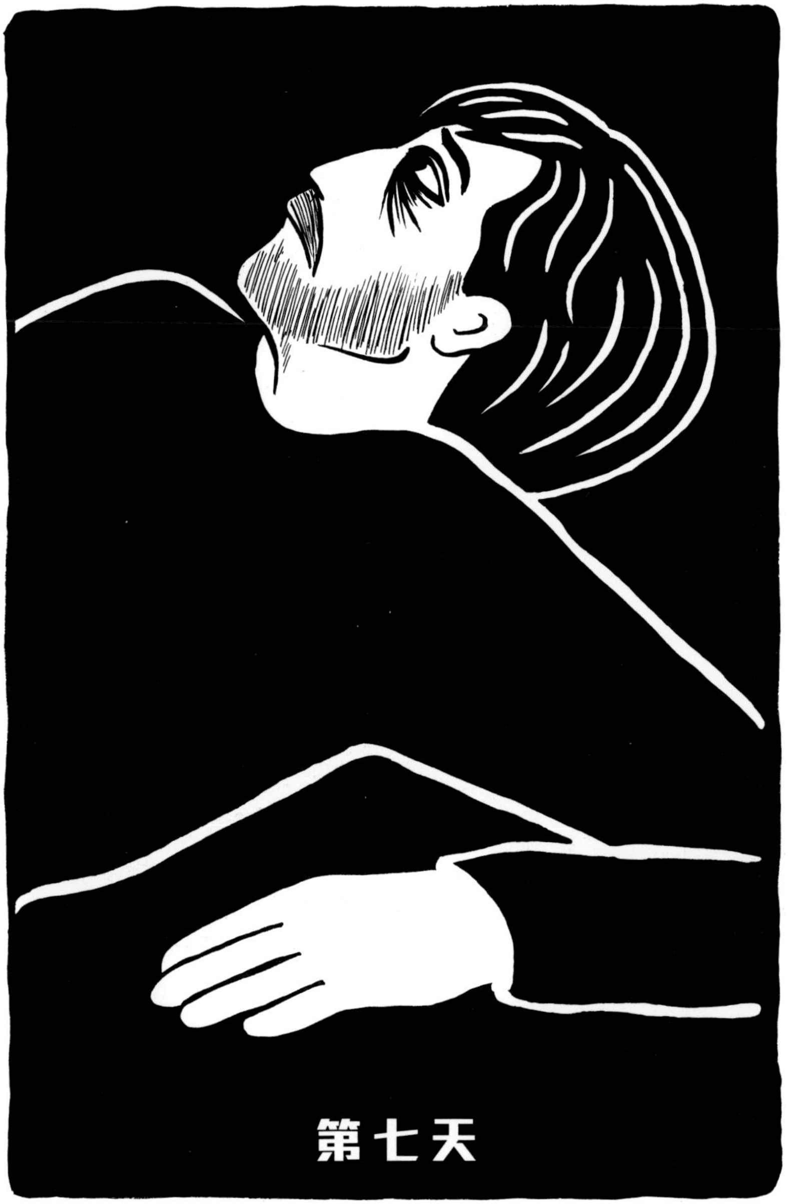

第七天

一九五八年十一月二十一日

——娜希德！纳瑟·阿里在哪儿？
——在他的房间里。

——纳瑟·阿里！……纳瑟·阿里！
回答我……

——帕维妮！是你吗？
我已经很长时间没见过你了……

——我知道……我旅行去了……我……

——可是，帕维妮，我不是在抱怨。

——纳瑟·阿里，我太爱你了。

——我也是，小妹妹，
我也喜欢你。

——我永远不会忘记在我离婚时你给我的深情援助。
我永远不会忘记你和我站在一起对抗全家的人。

——你一直都很有勇气。
我并没有做什么。

——别那么说，纳瑟·阿里。
如果没有你，我一辈子也走不出来。

——我打心眼里不希望你跟一个你不爱的男人一起生活。
我打心眼里不希望你毁掉自己的人生。

——你成功了。我现在很幸福。

——听你这么说，我真高兴……
……我至少做成了一件好事。

第八天

一九五八年十一月二十二日

伊拉妮，我爱你。你愿意嫁给我吗？
纳瑟·阿里！这还用问吗！！
我叫我母亲到设拉子来，正式向你的父母提亲。
如果您同意把您的女儿嫁给我的儿子，我会非常高兴。
我们深感荣幸。
恕我冒昧问一句，我未来女婿的职业是什么？
音乐家。
哈哈！哈哈！哈哈！哈哈！哈哈！哈哈！哈哈！
没错，没错，我知道你玩音乐，但你真正的工作是什么呢？
嗯……嗯，这个，是的……我就是一个音乐家。
那不可能！
我女儿不会嫁给一个音乐家！
爸爸！
闭嘴！
这绝不可能！一个搞艺术的，拿什么养活他的家人？

纳瑟·阿里，你弹得非常好。超水平发挥了。
纳瑟·阿里！
她父亲不同意把她嫁给我！
真遗憾！
在普通人看来，你是音乐家还是小丑，完全没有任何差别！
别对此担心了，我的孩子。告诉自己，你正在经历一段刻苦铭心的真爱。
?
当然啦，你见过有谁写一首诗，是关于那个跟他结婚、每天冲他嚷嚷四次的女人的吗？
你想，如果罗密欧和朱丽叶生了六个孩子，还会有一本书是关于他们的吗？
你在痛苦！所以你现在才弹得这么精彩！

你对这个女人的爱，会转化成你的音乐。她会融入你弹出的每一个音符。你明白我的意思吗？
明白，师傅。
你等一下，我马上回来。
好的，师傅。
给！这把塔尔琴原来是我师傅的。我现在把它送给你。你回到德黑兰的家里去吧。你离开你所爱的人太久了……而我，已经没有什么可教你的了。

啪!啪!啪!啪!啪!啪!啪!啪!啪!啪!啪!啪!
好极了!
你不能再这样下去了，我的儿子。你必须停止想念这个姑娘!

我给你拿来了报纸和点心。
纳瑟·阿里，娜希德这姑娘真不错。你应该跟她结婚。
我不爱她。
我明白，她性格也许不错，但长得有点像香肠。
说到婚姻生活，性格比长相更重要……
那么，你打算怎么办呢？
哼！！！
啪！

我饿了!
女士!……
女士!女……
?
?
你的名字该不会是伊拉妮吧?
是啊!你怎么知道我的名字?
我饿了!
你不记得我了?
说实在的,一点印象也没有。
奶奶!你给我买个皮球好吗?
纳瑟·阿里!
奶奶!怎么啦?你脸色变得好白!

纳琴·阿里先生！！！欢迎光临敝人的小店，不胜荣幸！！
米尔扎！我想买一把塔尔琴。
塔尔琴？？可是你手里那把大概是全国最好的了！
被人折断了。
你不记得我了？
说实在的，一点印象也没有。